128절지 그리움

시와소금 서정시 01

128절지 그리움

시동인 詩林

시와소금

▌시림詩林 연혁

1. 2005~2012년까지 강릉대학교 평생교육원 시창작반(지도교수 이홍섭)에서 공부한 수강생 중심으로 자연스럽게 동아리 만들어짐.

2. 2009년 : 6월 30일 행복한 모루에서 문우회 『詩林』 정식으로 결성, 2013년 11월 28일 강릉세무서에 문우회 『詩林』 단체 등록. (고유번호 226-80-14471)

3. 초대 회장 조수행(2009~2014), 2대 회장 임인숙 (2015~현재)

▌시림詩林 등단 현황

- 김령숙 : 2002년 『겨레문학』 등단
- 조수행 : 2008년 『한국생활 문학』 등단
- 황영순 : 2009년 『한국생활 문학』 등단
- 김영삼 : 2011년 강원일보 신춘문예 등단
- 배주선 : 2012년 『모던포엠』 등단
- 유지숙 : 2012년 『문학마을』 등단
- 한경림 : 2013년 『문파문학』 등단
- 홍경희 : 2014년 『시인정신』(시), 2011년 『모던포엠』(수필) 등단
- 신효순 : 2015년 『유심』 등단
- 임인숙 : 2016년 『강원작가』 등단
- 지은영 : 2008년 『현대시조』 등단
- 이순남 : 2018년 『작가와 문학』 등단

▌활동 사항

- 2007~2009년 : 시화전 3회(강릉대학교)
- 2013~2014년 : 시인의 마을 주관 시낭송회 및 세미나 참여 9회
- 2014년 : 시인의 마을 주관 「문학콘서트, 시와 가곡의 밤」 참여
- 2014년 : (사)교산·난설헌선양회, 시인의 마을 주최 문화올림픽을 위한 경포호수 누정 문학 기행 및 허균 문학작가상 수상자 문학 콘서트 참여
- 2013~2015년 : 시립 시낭송회 5회
- 2015~2016년 : 시창작 아카데미 운영
- 2015년 : 시립 시첩 발간 1회
- 2016년 : 12월 시 동인지 '시림' 제1집 발간 출판기념 시 낭송회(5회) 강릉문화재단 후원금으로 제작
- 2017년 : 12월 시 동인지 '시림' 제2집 발간
- 2017년 : 강릉독서대전 행사참여 「세상의 책 in(人)강릉」 저자와의 대화 주관
- 2018년 : 11월 18일 시 동인지 '시림' 제3집 발간
- 2019년 : 12월 시 동인지 '시림' 제4집 발간, 출판기념 시낭송회(6회) 및 강원문화재단 후원금으로 동인지 발간

▌회원 시집 현황

- 신효순 시집 『바다를 모르는 사람과 바다에 갔다』(시인동네, 2017.03) 발간
- 김영삼 시집 『온다는 것』(달아실, 2017.06) 발간
- 홍경희 시집 『기억의 0번 출구』(한국문연, 2017.09) 발간
- 황영순 시집 『당신의 쉼은 안녕하시진요?』(시와반시, 2017.10) 발간
- 한경림 시집 『겹』(밥북, 2017.11) 발간
- 임인숙 시집 『몸은 가운데부터 운다』(달아실, 2019.12.24.)

| 차례 |

▌시림詩林 연혁

▌초대시 : 이홍섭

| 회원작품

이홍섭

강릉, 프라하, 함흥

강은 전생을 기억할까

돌의 초상(肖像)

1965년 강원도 강릉출생. 1990년 《현대시세계》를 통해 시인으로, 2000년 《문화일보》 신춘문예를 통해 문학평론가로 각각 등단. 시집 《강릉, 프라하, 함흥》, 《숨결》, 《가도가도 서쪽인 당신》, 《터미널》, 《검은 돌을 삼키다》 등과 산문집 《곱게 싼 인연》을 출간. 시와시학 젊은 시인상, 시인시각 작품상, 현대불교문학상, 유심작품상, 강원문화예술상 수상.

강릉, 프라하, 함흥 외 2편

이홍섭

카프카는
살아서 프라하를 떠나지 않았다
뾰족탑의 이끼와
겨울 안개가
그를 기억한다

내곡동 지나
보쌀 지나
남대천 뚝방을 따라
바다로 간다
안목에 가면
바다가 둥지고, 바다가 무덤인
갈매기들이 산다

— 시집, 『강릉, 프라하, 함흥』에서

강은 전생을 기억할까

어디 마음 둘 데 없을 때
쪼그려 앉아
흘러가는 강물이나 바라보는 것은
강이 자신의 전생을 다 기억하고 있기 때문일 거야

마음 둘 데 없다는 것은
지금 내가 현생을 살아가고 있다는 것, 그렇지 않고서야
두 발로 서 가는 사람에게나
외발로 서 있는 나무 밑에 가 울고 있겠지

쪼그려 앉아
얼굴에 물때가 끼일 때까지 앉아 있는 것은
강의 전생에 위로 받는 것, 그렇지 않고서야
어찌 무심하게 흘러가는 저 강물에 위로받을 수 있을까

큰 홍수가 나면 알지
강물은 자신이 기억하는 길을 따라 달려가고
길을 막으면 그 자리에서

한 생을 걸고 범람한다는 것을, 강이 휘어 흐르는 것은
다 전생이 아프기 때문일 거야

어디 마음 둘 데 없더라도
해질 무렵에는 강가에 나가지 마, 강의 전생이
아니 너의 전생이
붉은 노을 속에 눈 뜨는 것을
차마 보지는 마

— 시집, 『검은 돌을 삼키다』에서

돌의 초상肖像

나는 기억한다
내가 굴러온 산과
내가 흘러온 물과
내가 머리를 처박고 흐느끼던
숱한 여울목을

나는 기억한다
내 몸에 새겨진 혼돈의 무늬들
만질 수 없는 뼈와 살
버들치의 가녀린 입술이 달래주던
숱한 공포를

나는 기억한다
내 몸을 스쳐간 수많은 사랑과 이별
자기를 사르며
사라지던 별들의 비명

절벽 위에 섰던 숱한 회한의 나날들과

붉은 철쭉의 소스라침을

나는, 너는
구르는 돌이고, 흐르는 집이고
문둥이 가시내고
망가진 세계다

여기 불구의 초상이 있다

— 시집, 『가도 가도 서쪽인 당신』에서

| 회원시 |

김훈기

겨울 백담사 외 9편

김훈기

　백담사 오동잎 지는 소리 귓전인데 얼음장 밑으로는 봄을 듣는다, 봄 오는 소리 들으며 행장을 갖추고 만행을 나서는 만해선사의 뒷모습을 생각한다, 가맣게 눈 내리고 눈은 다시 물소리를 덮는다, 겹겹 단호하던 산봉우리 물결처럼 부드럽게 다가온다, 님은 침묵만을 말하지 않았다

　견고한 담장을 보며 어느 독재자의 만행을 생각했다, 숨어있던 만감이 운지버섯처럼 부스스 인다, 질끈 눈을 감는다, 이십구만 원의 오만을 감싸준 백담사의 아량을 소중히 했더라면, 두 팔 벌려 겸손을 배웠더라면, 백담은 하얗게 자신을 비워내고 있지만 그는 님을 버렸다

　진실은 어디에 있을까? 얼음장 밑이나 얼음장 밖이나 들고나는 세상이치 다 거기서 거기일까? 눈이 지상에 닿으면 물이 되어 사라지지만 근본은 그대로이듯 과거와 현재 겸손과 오만의 모진 시간 보듬으며 겨울백담사 긴 침묵에 들어있다, 님은 오동나무 속처럼 가볍게 가라 말하는 것 같다

고모 · 2

팔순의 고모는
친정나들이는 엄두도 내지 못했다했다

고추장을 담그며
육순의 딸과 실랑이다

"엄마, 왜 나 학교 고것밖에 안 시켰어"

(그 시절 여비女婢의 많은 딸들이 그러했듯 가난으로 객지를
떠돌며 돈을 벌어야 했으니 학교 다닐 엄두도 못 냈거니와 엄
마가 원망스럽기도 했으리라)

"너 학교 많이 시키면 0 00 대통령처럼 될까 봐"

"깔깔깔 호호호 하하하...."

가파른 삶을 위로라도 하듯
막 모퉁이를 도는 봄이 망울을 틔운다

마침내
엄마의 금단이 열리는 것 인가

고모 눈꺼풀이 파르르 경련이 인다.

김장

절인 배추가 엄마를 닮았습니다.

사이사이 무 조각이 뼈가 됩니다.

축 늘어진 배춧잎이 기지개를 폅니다.

다시 처음의 생기로 기운을 차립니다.

이게 마지막이다
때마다 반복되는 푸념 같은 독백

新맛에 길들어 제맛을 멀리했던 지난날들이
비수가 되어 저려옵니다.

퍼 주기만 하는 것에 익숙해지신
늦가을단풍 같은, 작아진 뒷모습이 시려

괜히, 속절없는 꼬장을 부려봅니다.

늑골

내 늑막이
안쓰럽게 부여잡고 있는 오래된 마음의 굴레를 벗으려

대관령 옛길을 갔다

모든 것이
과거로만 존재하는 고즈넉한 길

흐릿하던 것들이 선명하게 다가온다
단단하던 것들이 물컹 곁을 내준다

적막은 새 소리로 울고, 작은 생들은
깡마른 줄기에서 넉넉하게 자릴 잡고 있다

먼저 간 사람들이 남긴 수심(愁心)을 생각한다
상모처럼 구비 진 길, 반정으로 향한다

반정에 서서, 간절히 기도한다
그 길 위로 나의 오랜 불구를 날려버리려

구속 중인 내 늑골의 자유를 위해

능소화

오늘은 유독, 그대에게만 마음이 꽂힌다.

꽃 지며
끝났거니 닫았던 가슴
수은등 같은 미소에 마음 모두 뺏겼더니
꾸덕꾸덕해진 심장 다시 열 수 있겠다.

내 마음을 여는 꼭 맞는 열쇠.

동행

팔월 땡볕 아래
쇠똥구리 둘이서
귀하디귀한 쇠똥을 당기며 밀며 열심히 굴리고 있다

숲을 산책하는 노부부
연신 남편의 옷매무새를 다독이며
미소를 띤 채 한 발짝 떨어져 걷는 모습이 정겹다

젊은 쌍이 하얀 이를 드러내며 활짝 웃고 있다
꽃비가 내린다 환호가 터진다
첫발 내딛는 둘에게 아낌없는 축하를 보낸다

평생을 함께하기로 굳게 잡았던 손
가만히 가슴 위에 포개다
사과나무 처음처럼 하얗게 다시 꽃피울 봄을 기대하며

엄마

그날 이후

다시는
기억에 떠올리지 않으리라

아득히 사라져버린 별똥별처럼
생각을 말자하고
지워버렸던
오래도록 허기진
혼자만의 내밀이었다.

어둠이 오면
외로워 투덜거리다가
그리워서 아파 울다가
끝내, 마음 귀퉁이엔
미움만 쌓였고
미움마저 팽개치듯 던져버리면
조락한 계절 시든 꽃잎을 보듯

슬픔만 남곤 했다

어느덧
예순하고도 셋
내 안의 안온한 평정에
비어버린 자궁의
웅얼거림으로나 남아있는
아픈 저녁 같은

'엄마'

은어

사월과 오월 사이
은어 떼가 강을 은빛으로 물들이면
강가에는
하얗게 찔레가 핀다
징검다리에 서면 강은 거꾸로 흐르고
강물은 은하수가 되었다

어린 막내 엄마 찾아 칭얼대면
니 어미 과자 사러 갔단다 달래시던 할머니
집 나간 엄마는 영영 소식이 없고
은하수는 내게 천국이 되었다

이별이란
떠나는 것과 기다리는 것의 간격
잊고 사는 것과 담고 사는 것의 거리
외로움은 원망이 되어 긴 여운으로 남았다

죽음 같은 외로움이 가끔씩 무덤을 만들 때

달이 뜨고
초가지붕 위로 하얀 박꽃이 피면
은어 떼는 쏟아지는
별빛 가루와 하나가 되어 떠나갔다

솔섬*

유년을 키워온 고향의 노래

숨겨 논 나룻배처럼 해종일 강물바라기만 하는

소년으로 돌아갈 수 있는 길 오롯이 보듬고
동해에 살짝 기대인

맑은 햇살 떠오르면 잔잔히 들려오는
정갈한 남 저음의 환성

하늘 모두 강에 잠기면 낮달 조용히 따라와
강에 드리운 그림자

멀어지면 그리워지고
잊고 살기엔 먹먹한

서럽도록 가슴 한 귀퉁이 비집고 선
영원한 향수(鄕愁)

*솔섬 : 삼척 원덕 가곡천 하구에 위치.

일천이

엄마의 먼 삼촌뻘이 된다는

사지육신은 멀쩡했지만....

행랑채에 살면서 머슴이기도 했던

"일천이" 부르면

"에이, 니기미떠거락거" 라며 뜻 모를 말만 내뱉곤 했다

언제 우리 집을 떠난 지는 기억에 없지만

어른들에게서도 아이들에게서도 이름 대신 늘

'일천이' 로만 불렸던, 질화로 같았던 그

철부지 시절 심심할 때면

'일천이' 놀리며 숨바꼭질하던 생각도 나고

세월이 훌쩍 흘렀어도 가끔

알 수 없는 죄송함에 아련하기만 한데

김영삼

설화 외 9편

김영삼

가족은 한 포기 배추 같았다
단칸방에서 배춧잎처럼 달라붙어 살았다
자꾸 얼굴이 노래지는 막내는 안쪽에 두고
차례대로 겹겹이 포개져서 잠을 잤다
바깥쪽에서 작은 등으로 외풍 막아주는
어머니는 겉대였고
(이때부터 서서히 우거지가 되고 있었다)
자주 집을 비우는 아버지는 보이지 않는
배추 뿌리였다
어느 날 갑자기 쓰러지고 난 뒤에야 알았다
뿌리가 땅 위로 드러나자
배추도 통째로 모로 쓰러졌다
어쩌면 새끼손가락만도 못한 뿌리라니!
저렇게 허술한 뿌리를 믿고
남몰래 푸른 장미 꿈을 꾸었다니!
여러 날 바닥에 드러난 뿌리는 이미 시든 뿌리

밑둥이가 잘려나갔다
뿌리를 잃자 하나, 둘…
배춧잎은 힘없이 떨어지기 시작했다
뿔뿔이 흩어져 나뒹굴다 마침내,
배추통은 흔적 없이 눈앞에서 사라졌다
삐쩍 마른 우거지만 제자리에 오래 남아
한때는 한 포기 배추였다는 걸 보여 주고 있었다

독방

이럴 줄 알았으면 따라갈 걸 그랬다

늦도록 창문을 두드리던 바람
홀로 포장마차 문을 열치겠다

독방에 앉아 전날 먹다 남은 술을 마신다
문득,
살아온 날들이
김빠진 소주 같다

걸어온 길도
걸어가야 할 길도
그저 맨송맨송하기만 한 밤

너도 허전하냐
빈 병 대가리에 잔 모자를 씌워주었더니

한참을 묵묵히 있던

소주병이

주

르

르

눈물을 흘린다

실연

병신년 새해 아침, 첫해가 떠오르길 기다리며
풍등에 소망을 적어 띄워 보냈다

'나를 사랑하자'

어떤 이는 너무 많은 소망을 적었는지
채 날아오르지도 못하고 바다에 떨어졌지만
나의 붉은 등은 가까스로 하늘 높이 날아갔다

한 번도 사랑해 본 적 없는 나를 사랑하자고
그대 없이도 할 수 있는 쉬운 연애를 택한 후로,

아침이면 거울을 보며 사랑한다고 고백하고
저녁이면 그 얼굴에서 사랑을 확인하곤 하지만
어쩐 일인지 나는 뚱해서 그저 쳐다보기만 한다

세상에 쉬운 길이란 참으로 없는 길인가 보다
뜬구름 따라가며 한눈팔고 사는 동안

나도 모르게 나는 까칠한 남이 되었는가 보다

불구인 채로 한 해가 다 가도록
사랑다운 사랑 한 번 못해보고
나는 나에게서 번번이 차인다, 빙신같이

불온한 생각

나는 뼈대 있는 가문의 후손이 아니어서
뼈가 있는 것은 별반 좋아하지 않는다
뼈가 많은 생선도 싫고, 말(言)에도 뼈가 있으면 싫다
대를 잇는 것도 그닥 좋아하지 않는다
그래서 족보도 소중히 챙기지 않고
따라서 자식도 살뜰히 돌보지 않는다
족보는 어디에 처박혀있는지도 모르고
하나뿐인 아들은 저 알아서 잘 살라고 한다
조상 운운하는 자는 왠지 곰팡이 내가 나서 피하고
자식 자랑하는 자는 왠지 구린내가 나서 멀리한다
자식이야 분명코 내 코피의 산물이긴 하지만
이 세상에 나와 제 이름을 갖는 순간,
나에게 종속된 유일한 핏줄이 아니라
푸른 지구에 소속된 유한한 명줄이어서
돌보려면 전 인류가 합심해서 돌봐야 한다
생각한다, 비유를 더 하자면 자식이란
조롱 속 앵무새가 아니라
산천에 널리고 널린 뭇 새 중의 하나여서

해와 달과 비와 바람의 품안에서
자유롭게 날다 자연스럽게 가는 것이라
생각한다, 이걸 자식이 알면 무척이나
서운해 할지도 모를 일이지만 아들아!
생각이 그렇고 그렇다는 것이니 미워하려거든
부디, 되지 못한 이 애비 생각이나 미워하거라

기방 찾아가는 한량처럼

달밤에
눈 속에 핀 매화를 보러간다

이름하여 '설중매'

초롱처럼 밤길 밝히는 여린 달 앞세우고
길게 담장이 에워싼 고택을 찾아가는데

나는 왜, 그 옛날 매창이니 설죽 같은
시문 깊고 정조 굳은 기녀 이름이 떠오른다

학산 선생같이 뛰어난 문장가는 아니지만
한잔 술은 걸쳤겠다, 오늘은
설중매와 마주 앉아 시나 한 수 읊었으면

주머니 속 동전을 엽전인 양 짤랑거리며
건들건들 한량처럼 간다
가면서 또 이런 들뜬 생각도 한다

풍문으로 온다는 소식 듣고 고고한 그녀도
하얀 비단 장옷으로 얼굴 반쯤 가리고
까치발로 담장 너머 슬금슬금 내다볼 것이다

하얀 기도

달랑 김치 하나 놓고
밥을 먹는다

하루가 지옥이면
밥맛은 천국이다

교회에 나가지는 않지만
이처럼 밥이 꿀맛일 땐
기도를 한다

자르르 윤기가 도는 밥알 넘기다 보면
딱히 누구에게랄 것도 없이
감사기도가 절로 몸에서 흘러나온다

하나님은 당신만 믿으라 하셨으나
이럴 때 나는 밥을 믿는다

밥이 나의 하나님이시다

거미집

꿈결인 듯
창밖이 수런거리는 소릴 들었다

잡목 우거진 숲을 헤치고 오는 소리
함부로 막 자란 뒤꼍 풀잎 스치는 소리

어머니를 본 지가 언제였던가…

밤사이,
가랑비 맞으며 몰래 다녀가시었나

차마 방문은 열 수 없어
웅크리고 자는 등만 오래 들여다보시었나

괜찮다, 이젠 다 괜찮으니
허리 쭉 펴고 살라고 당부도 하고 가시었나

쪽창에 선명한 지문(指紋)이 찍혀있다

겨울 강가에서

울 수도 없고
울지 않을 수도 없을 때
목이 아프도록 쳐다보던 서쪽 하늘

눈물이 되지 못한 내 설운 울음이
거기 집성촌에 모여 살다
무슨 일로 떼로 몰려온다

나이 든 설움이 죽기라도 했는지
하얀 소복 차림으로 하염없이 나려온다

어쩌란 말인가
이렇게 막무가내 품안에 쓰려져 오면

오늘도 앙상한 버드나무처럼
홀로,
강둑에 서서 먼 하늘 쳐다보고 있는데

첫사랑

종이로 치면 전지만 하여

하도 커서
도저히 품고 다닐 수가 없어서

접었다

접고, 접고, 또 접어…
손바닥 반만 하게 접어

주머니에 넣고 다닌다

손때가 묻고, 모서리가 닳아
펼치면 조각조각 날 것 같은

128절지 그리움

사관

나랏님도 아닌데
꼭 붙어 다니며 기록하는 자가 있다

말로 지은 죄는 경죄나
몸으로 지은 죄는 중죄라
몸의 행적만 낱낱이 기록을 한다

마른 붓으로 또박또박 점만 찍어 두어
아무나 함부로 해독할 수 없지만
실은, 그 어느 실록보다도 정치하여

어쩌다 기록이 만천하에 공개되는 날이면
한마디 항변도 못 하고 외딴 섬으로
귀양살이 배를 타야 할지도 모르는 일

눈이 오면 오래된 관행으로
사초 한 장을 열람할 수 있는데
꾹꾹 눌러 쓴 서체를 보면 섬뜩하다

발은,

나의 역사를 기록하는 종신 사관

한경림

개망초 외 7편

한경림

잡초라고 밭머리 돌무덤에 함부로 내던지던 망초대
이제야 꽃으로 보인다

너무 밝지도 않게
너무 어둡지도 않게

그저 제 몸 보일 만큼의 조명으로
초라한 것이 보이지 않을 만큼의
밝음으로 자기를 켜 든

그것이 가장 저다운 것이라고
허름한 갓길에 비켜 서 있는 꽃

이제야 그 꽃이 보인다

단감나무

몇 달 전 단감을 먹고 헛일 삼아
비좁은 소사분재 밑에 묻고 까맣게 잊은

오늘 아침
어엿한 감나무 한 주

가무스름한 바늘 기둥에 그늘도 세 잎 달았다

양지를 쬐러 벌써 몸 기울인다

나달나달 헤진 마음을 써서 엮은
시집 한 권
친구에게 보내고 받아먹은 단감 두 박스
숭숭 뚫린 나를
오늘 저 뿌리가 메꾸고 있다

남은 마음의 땅 백 평에 옮겨 심고
낫 들고

강성한 풀밭 한 떼기 다 베어내
퇴비거름 얹어 몇십 접의 감을
재테크 해야겠다

아 놔! 하고 버티던 팽팽한 줄 하나
너와 나 마음의 종자

수의燧衣
— 벚꽃

눈매 순한 꽃

눈 감지 말아야지
저 꽃을 두고
어디가

살아생전에 한 번은
저렇게
눈 부셔봐야지

추락한 청춘도
끔찍한 고독도
한 닢 한 닢 뜯어
얇게 깔아놓고

맨발로 뛰어올라
환장하게
달아올라봐야지

저 꽃 두고 그냥 못 가
그냥은 못 가

아이

일곱 살 아이가 손등의 주름을 집어 올리더니
할머니! 손이 왜 그래

아이는
내 스무 살 적을 모를라나

할머니 늙어서 그래

목화 봉오리가 빤히 쳐들고 봤다

봄풀 엉키고
노고지리 울던 새벽에 학선이 선배하고
벌판을 걷다가

너는 누구냐?
선배가 물어서

지금 가고 있는 여기가

"길입니다"*라고 대답했다

아이는 그것도 모르겠다. 그럼

* 조선기생'매창'의 인용문

어둠

검은 천으로 눈을 가렸다

어둑한 사람이 되었다
어둠은
무 뽑아낸 자리처럼 허당이고 사방이 벽이다
누가 돌을 던지는 듯 몸 조여 온다

어디까지 갈 수 있을까
어디까지 갈 수 있을까

이마에 번갯불 친다

왔던 길도 처음의 길처럼 낯설다
모두 낯 설은 길이다
어둠에 굴복하고
더듬더듬 짚었다

발에 걸리는 너의 흉터 하나

내 발에 걸려 넘어진 너의 흉터 하나
겨우 짚고 일어섰다

절벽

아랫돌이 윗돌을 이고
윗돌은 또 윗돌을 이고

제 몫의 무게를 인
돌의 맹세 같은 것

돌의 할! 같은
절벽의 조건

절벽은 견딘다

소나무가
돌을 부둥켜안고 있다
떨어지면 죽을 것같이
뿌리가 절실하다
사랑도 이만하지 않은가

정선 아라리

어릴 적 엄마는 째진데도 없는데 왜 우느냐고 했다
돌에 걸려 넘어진 째진 마음을 꿰매주는 말이다
엄마의 리듬도 그때
역정이 아닌 자분자분한 메나리째였는데
울음과 닮았었다
마음으로 울 일이 얼마든지 있다는 말이다

가시의 긁힌 자국에서 나오는
장미의 파열음 같은
붉은 목청 아라리가 났네

숨도 울음으로 쉬는 가락
아라리가 났네

울음이 힘이 된 가락
아라리가 났네

째진 데도 없는데

산맥

아버지 돌아가신 후로 바람은 더 차다

산등성이 넘어오는 북풍도 등에 업히면 봄바람이라
배를 아버지 등에 붙이고 잠이 들었었다

깨어보니 나는 아버지보다 늙고

갈치 살 발라 먹이던 아버지는
살이고.
고향이고
등이 산맥이던
별 뒤의 허공 같던 아버지는

뼈만 남아서 오늘 유골을 쇠절구에 넣고 빻았다

산맥이 무너져 내렸다

어디 죄지을 데가 없어서 부모를 부쉈느냐고

오갈 데 없는 산중에
쿵쿵 거리고 쫓아온 소나기가 억수같이
두들겨 팼다

거미줄에도 빗방울이 핏물같이 끈적하게 채였다

울음 끝 긴 비였다
죽지 않는 아버지

이순남

니가 곁에 없어서 좋다 외 9편

이순남

니가 없어서 좋다

악다구니를 하며
흩어진 반찬을 쓸어 담을 때

가을은 이렇게
물들기 전에 떨어져 흩어졌구나

아 니가 없어서 좋다

바닥에 묻은 김칫국물을 훔치는
나는 이렇게 낮아져 버렸구나

식은 밥덩이처럼 걸려
목메던 니가
이런 내 옆에 없어

다행이다
정말 다행이다

백두산
— 「안승일 백두산 사진전」을 보고

얼어붙어 깨어질 것 같은 산
맥박이 뛰고 있다

능선의 가장자리가
힘줄처럼 솟아
힘써 자리를 지키고 있다

눈 덮인 능선은 계곡을 안고
계곡은 나무를 안고 있다

나무는 꽃씨를 품고
꽃씨는 새싹을 품고 있다

빙산 깊숙한 곳에서
심장소리 들린다

빙산이 살아 있는 이유는
꽃을 품고 있기 때문이다

휴가

야자수 나무 하나를 눈에 넣고
맹그로브 숲을 넣고
푸른 바다를 넣고
물고기 한 마리를 넣었다
오늘은 물결치지 않는다
세상도 나도 정물이다
풀밭에 떨어진 플루메리아처럼
고개를 젖힌다
이국의 하늘은 들떠있고
해먹 곁으로 바람이 흩어진다
에드벌룬처럼 가벼워져
떠오르고 있다

여기서 나는 오롯하고
모두 멀리 있다

무게

강변 고수부지에
롤링 웨이스트가 혼자 흔들린다

누군가가
자신의 무게를 남겨 놓았는지

한참을 지나고 뒤 돌아 봐도
그대로 흔들리는 기구

온몸을 꼿꼿하게 모아
수평으로 공중을 가르던
힘의 여운이
한쪽에서 한쪽으로 옮겨 간다

더 나아져야 한다고
초조한 나를 움직이게 하는 무엇처럼
기구는 멈추지 않는다

어머니는 매일
일곱관 과일을 이고 삼십리를 걸어
시장 어귀에서 팔았다

먼 길 가신 어머니의
일곱관 과일이 너무 무겁다

중심에서 떠나지 않고
롤링 웨이스트를 밀고
나를 밀어 주고 있다

줄

그해
옥희 언니 집에서
손눈썹 가발을 만드는 수공일을 했다

얇은 줄 양쪽을 고정된 대에 걸고
그 줄에
머리카락을 매달았다

머리에 코가 달린 바늘로
조심조심 머리카락을 떠 걸어 가다보면
줄은 어김없이 끊어지고 말았다

하루 종일
공을 들여도
눈꺼풀 한 쪽이 완성되지 않았다

줄이 끊어지는 순간
해도 해도 벗어나지 못하던

어린 시절의 가난처럼 무력해지기만 했다

손은 아직
그 감각을 기억하고 있다

애를 쓰면 쓸수록
줄은 나를 견디지 못하곤 했다

그 줄을 잦바등히 잡고 지금까지 왔다
그러나 가끔 삶은 파르르 떨며 끊기기도 했다

난시로 보는 바다

수평선이 일어나서
바닷물이 뭍으로 몰리고
하늘은 그 밑에 깔렸습니다

하늘과 바다와 뭍의
모든 경계가 풀어져
세상은 온통
알 속 같았습니다

나는 그 사이에
부유하고 있는 흑점으로 남아
주변 속을 떠돌았습니다

가끔 들려오는 파도소리로
앉은 위치를 가늠하며
자리를 고쳐 앉았습니다

내 체온은 주변보다

낮거나 높아
조금 특이하기도 하였습니다

시간은 제자리에 맴돌거나 곁으로 비껴
중요한 무엇은 늘 곁에 없었습니다

난시로 바다에 서면
형체는 없어지고
색만 남은 파도 소리를 보곤 합니다

수평선

맞닿은 팽팽한 긴장

솟구치려는 것과
내려 누르는 것

내 보내려는 것과
끌어안고 싶은 것

가고 있는 것
가면 안 되는 것

그래서 움직이지 않는
푸른 검(劍)

홍련암

낙산사에 가서
까치 둥지 같은 홍련암을 안았다

바위 절벽에 아슬하게 붙어
머리위로 바람을 이고 있었다

좋지 않은 일은 다발로 오고
감당 못한 가슴 가운데
대못 하나 박혀

마루 틈으로 철썩이는 바다를
들여다 보았다

바다도 가슴 가운데
퍼렇게 멍이 들어
시린 눈으로 나를 들여다 보고 있었다

부처님 이마같이 윤이 나는
암자의 마룻바닥에 이마를 대고
홍련암을 그렇게 안고 있었다

깻모종

고랑을 타고 앉아
깨를 심었다
한걸음 갈 때마다
산통을 하며 깨를 낳았다

앉은걸음으로 한참을 가다
뒤돌아보니
다리에 힘이 풀린 깻모들이
나를 따라오고 있다

저쪽 늙으신 아버지도
산통을 하신다
우리 오남매 같은 깻모가
줄을 서서 아버지를 따르고 있다

가물고 뜨거운 이 밭에서
홀로 뿌리를 내려야 한다고
아버지는

심는 손에 꾹국 힘을 실으셨다

빅뱅

그날

하나였던 세상
천둥 소리치며 흩어졌고, 그 진동

아직

까만 가슴 울리며
남아있다더라

우리

유리로 만든 심장 깨어져
별로 태어나고

그 사이

은하가 흐르기 시작했다더라

김은미

꽃 지고서야 외 9편

김은미

가슴에 고운 꽃 한 송이를
접어 넣으니
세상 꽃들이
번개처럼 피어났다

내 꽃만 바라보며
세상 꽃들을 하찮아했더니
보란 듯이
다투어 달려온다

매화, 목련, 개나리, 벚꽃,
진달래, 철쭉, 라일락, 아카시아…
장미, 수국, 국화…

내 꽃 지고서야
세상 꽃 피고 지는 순서를

알게 되었다

내 꽃 닮은
세상 꽃을 알게 되었다

세상 꽃이
하나같이 예쁘다

돌

단단해 지리라
여물어 지리라

억겁의 세월을 두 마디로 버티며
돌은 살아왔다

땅 속 깊이 처박혀
얼굴을 드러낼 수 없을 때에도

다시 겸손하게
단단해 지리라
여물어 지리라

드디어
모습을 드러낸 영광은

몇 글자의 문자를 몸에 새겨
한 사람의 생을 알리거나

마을을 알리는 표지석이 되고

때론 흙과 비를 다스리는 석축이나
소담한 꽃밭의 경계선으로
아이들의 놀잇감으로

돌은 살아간다

파여지고 깨어지고 깎이고 부서져도
돌은 여전히
단단해 지리라
여물어 지리라 다짐하며

돌은 살아간다

말 하려면

말 하려면 공 던지듯 하자

큰 말, 작은 말
가벼운 말, 무거운 말
멀리 던지는 말
세게 던지는 말

각 세우지 말고
떨어지더라도
데굴데굴 또르르 굴러가
너의 발 앞에 멈추어 설 수 있도록

동글동글 동글게 구르다
네 앞에 오똑 선채로
되돌아올 너의 말을 기다리며

작을 만큼만 작고, 클 만큼만 커서
두 손에, 품 안에 주고받고

발 앞에 가뿐히 멈출 수 있는

네 품과 내 품에 안길 수 있는
모서리 없는 공을 닮아보자

말 하려면
주고받을 수 있게 하자
받을 수 있는 크기만큼만
받을 수 있는 무게만큼만

가로등

저만치서부터 당신은 내게로 왔지요

한 걸음, 두 걸음
걸음마를 가르칠 때부터
당신은 고운 눈길을
졸랑거리는 제 발끝에 달고

온종일 제 걸음을 좇으며
길을 밝혀주었지요
어둠이 일어나면 덥석 물고
얼음이 자라나면 살살 녹여

달빛 품은 향기로 안아주셨지요
별빛 닮은 향기로 업어주셨지요

구부정한 어깨의 이력이
온전히 제 탓이었던 것을 깨달을 즈음
당신은 빛을 감추었지요

이젠 더 이상 도와줄 것이 없다
스스로 어른이 되어라

나를 밝히신 당신
어느새 길 위엔 당신이 없네요
당신 대신 그 자리에 제가 섰어요

고개 숙여 눈물 글썽인 그 자리
가로등이 되어본 사람들은 알지요
눈물이 빛이 된다는 걸

하늘 문단

내가 아는 누가 말했다
나는 술과 친하지 않아 시인이 되지 못하는 거라고

나는 술과 친구하고 싶지만
술이 나를 꺼리는 거라며
시인은 왜 술과 친해야 하냐고 반문했다

무릇 시인은 취할 수 있어야 한단다

시인 자격증을 따기 위해 취해야 한다면
난 늘 취해있는데, 하여 술이 필요 없는데 무슨

이만큼 세상에 취했으면
시인이 되고도 남지 않느냐고 큰 소리쳤다
혼자 속으로 말이다

어느 시인도 말하지 않았던가 빈대떡을 먹으며,
모두가 시인이라고

하늘 아래 발 디딘 우리는 이미 시인이다
술과 사귀지 못해 시인이 될 수 없다는 말
이 잘못된 언어를 빈대떡 뒤집듯 뒤집는다

죽음이 길 끝에 놓여 있음을 알고도
오늘을 살아가는 이 세상 모든 사람
게다가 연민을 아는 사람은

술과 친하든 멀든 등단을 하든 말든
모두 하늘 문단에 등단된 시인이다

그 중 하나가 너이고 나이다

눈길

꽃이 피어야 할 자리는 따로 없다
권리도 의무도 없다
바람과 햇살과 물과 따스한 눈길이 있는

그 자리에서 피고

꽃이 져야할 자리는 따로 있다
꽃이 핀 그 자리
바람과 햇살과 물과 빛나는 눈길이 있는

그 자리에서 진다

꽃이 피고 지는
그 자리엔 저마다 이유 있는
눈길이 있을 뿐이다

눈길이 꽃을 피우고
눈길이 꽃을 지우고

꽃이 눈길을 피우고 눈길을 지운다

꽃이 피우는 눈길
꽃이 지우는 눈길

꽃은 눈길 머문 그 자리에서 핀다
꽃은 눈길 멈춘 그 자리에서 진다

기도

나 빈다
다시 태어난다면 나비가 되기를
당신의 영근 힘줄 사이를 오가며
꽃잎인 듯 풀잎인 듯 나비는 나비

당신 품에서 눈 비비고 일어나
맑은 바람 강에 얼굴 씻고
당신 꽃술로 분 바르며
당신의 너에게로 다녀오는 나비

나 빈다
하늘 낮은 곳 나비는 나비되기를
꽃잎 만개한 틈 사이 숨겨 놓은
푸른 상처를 끌어올려 새 잎 돋아날 수 있게

나 빈다
어둠 속에서도 춤 출 수 있는 나비되기를
마른 땅 홀로 외롭게 울고 있는 너에게

당신을 온전히 전해드릴 수 있게

나 비오니, 나비되어, 나비되어,
검은 시간을 뚫고 솟아난 너의 꽃 잎술에
당신의 고요한 숨결을 실어 나를 수 있게

나 빈다. 나비되기를

바다는 몰랐다

바다는 혼자 힘으로
바다가 될 수 없음을 몰랐다

바다가 될 때까지도
바다는 몰랐다

깊다 넓다 수평선이 보인다
누군가 그렇게 말 했을 때
혼자 바다가 되었구나 착각했다

바다가 되기 전까지는
정말 몰랐다

바다에게로 오는 모든 강물을
온전하게 품을 수 있을 때
바다는 바다가 될 수 있음을

바람과 햇살, 폭풍과 장마가

바다의 가슴에 스미고 녹아지고
모래와 갯벌, 높은 산과 낮은 강물이
바다를 지켜주어야만
바다가 될 수 있음을 몰랐다

멸치 떼의 군무와 고등어의 푸른 노래
다정한 소라껍데기와 여문 노을

속을 채워주는 것들이 있어야
곁을 지켜주는 것들이 있어야
비로소 바다가 될 수 있다는 것을
미처 몰랐다

숨비소리

바다 위로 아래로
땅 위로 아래로
삶을 겨누는 칼날을 피해
오르락 내리락

칼끝에 달린 기억이
마디마다 다가와 숨표를 그린다
살랑 죽을랑, 죽을랑 살랑

나는 살고 싶어
살아야지 호오이

바다 위로, 하늘 아래로
숨 고르며 숨 고르며

해녀 아닌 해녀가
바다 속에서 바다 위로
나 아닌 내가 하늘 위에서 하늘 아래로

날마다 참은 숨을 몰아쉬고 있다
살기 위해 비우는 소리
살기 위해 채우는 소리
반드시 살아야 한다고
용쓰는 소리 기원하는 소리

미안하지만 나는 살아 있어
미안하지만 나는 살고 싶어

살아야겠다는 다짐 소리
사는 못 하겠다는 못 숨소리

낙엽

세상의 모든 잎들은
낡아서 떨어지는 것이 아니다
무거워서 떨어지는 것이다

알 수 없는 곳에서 태어나
시간을 받아내던 몸이

바람에 몸을 풀어
다시 세상에 태어난다

이끼 낀 바위보다 무겁고
빛을 녹인 강물보다 무겁고
검은 별의 목소리 보다 무거워져서
더 이상은 안돼라고
마지막 힘을 모아 뱉어낼 때

그때, 이파리 하나가 지구만큼 무겁다는 것을
알고 있는 바람은

분연히 아래로 향하는 낙엽을
가볍게 놓아주는 것이다

죽음은 그런 것이다
삶은 그런 것이다

견딜 수 있는 만큼 견디다가
바람이 스치면

임인숙

소녀와 거울 외 9편

임인숙

앞에 앉은 친구 등에 거울 기대놓고
선생님 눈 피해 거울을 들여다봅니다

하늘이 거울로 들어왔습니다
소녀는 구름이 되었습니다

때마다 구름이 몸을 바꾸는 까닭에
아무리 들여다봐도
소녀는 자신의 구름을 잘 모릅니다

소녀가 거울을 자주 보는 것은
자기 구름을 찾으려는 까닭입니다

선생님이 책을 읽으며 살금살금 다가갑니다

소녀는 얼른 거울을 감추었지만
금방 구름이 보고 싶어집니다

선녀와 나무꾼

현관을 들어서던 남편이 쓸러질 듯이 안겨 왔다
이제, 자네 날개옷을 주겠어
나는 졸지에 선녀가 되었다

날개옷을 걸쳤지만 나는 법을 잊었다

세상모르고 떨어진 남편 숨에서는
파전, 매운탕, 소주, 아몬드와 맥주 내까지
그가 지나온 길과 몸짓이 차례로 나와 춤을 춘다

오래 잊고 살았던 것들이
그냥 솟구쳐 날아오른다
별빛 쏟아지는 강을 건너려는데 덜컥 무섬증이 온다

두려운 것은 그리운 것을 찾은 그다음의 일
날개 짓만 하다 밤이 저물고

식탁에 앉은 남편이 콩나물국을 찾는다

보란 듯이 해장국 없는 김치만 덩그런 상
노려보던 나무꾼, 숟가락을 탁 내려놓는다

날개옷을 빼앗아 간다

바람 닿는 자리

살짝 스쳤을 뿐인데
가슴을 에었단다.

흔들어 대는 것이
외로움인지
사랑인지
그렁그렁한 호수는

세상 눈치 보지 않고
제 곡조대로
흔들리고 싶단다

출렁대던 호수
기어이 갈대까지 흔들어 놓고
제 명치가 아프다는데
갈대는 바람의 비밀을 말 할 수 없고

바람 닿는 자리마다
피어나는 벚꽃
흔들리는 수선화

적막

창밖에 어둠이 길게 누우니

꽃 뿌리 물 올리는 소리 들린다

빈 잔을 채우는 바람소리

그리움을 연다

멀리서 급브레이크 금속성 소리가

허공을 찢고,

시간은 분주하게 달린다

모두 잠들었는데 소리들만 살아

귀는 말똥말똥 불면 중

젖은 풀솜처럼 몸은 무겁고

까만 창속 넌 점점 또렷해진다

추석 무렵

그렁그렁한 하늘이 왔다
눈물 많던 네 큰 눈을 기억한다

소반에 빚어 놓은
보름달 반달 토끼, 제각각 송편 모양에
배꼽 빠져라 웃다가 깨소를 엎질렀다

엄마는 눈 크게 뜨고 나무랐지만
호통은 익반죽처럼 말랑말랑했다

벼이삭 목덜미 따가운 들녘에
네가 빚은 송편은 낮달처럼 떠
바람 일고 눈이 시리다

너 떠나던 날처럼 투명한 하늘
눈물 한 방울 뚝 떨어질 듯

흑석역 목련

2009년 봄, 티브이는 탤런트 J가 그녀의 집에서 자살했다고 했다 그녀의 목을 매달았을 사내들은 낄낄거리며 티브이를 보고 있다 티브이 속에서는 한쪽 어깨가 드러난 J가 날 보고 환하게 웃고 있다 티브이는 연일 지껄였다 J가 자살한 까닭이 궁금하다고, 티브이는 웃고 있을 사내들 이야기는 하지 않았다 그녀 목을 매단 사람들 얼굴은 없다

뉴스가 먼 기억을 불러 온다 숨차게 달리던 증기기관차는 언덕 꼭대기 까치집 같은 흑석역에 섰다 언덕 아래 납작한 주막집 마당에 뒤집어진 술상 그 옆에 구겨진 휴지처럼 나뒹굴고 있는 여자, 속치마만 걸쳤다 하얀 허벅지 드러난 가슴, 발길질하는 남자들 얼굴은 없고 정수리만 보인다 낄낄거리는 웃음소리, 여자가 얼굴을 처박고 있는 까만 바닥에 널부러진 목련, 인조견 속치마는 목련꽃빛이었다 흑석역 탄더미에서도 목련은 폈다 2019년 봄은 J를 다시 불러왔다 J목을 매단 사내들은 여전히 얼굴이 없고 말만 무성하게 피었다 졌다 J가 날 보고 환하게 웃고 있다

올봄에도 꽃눈 오고 꽃은 지천으로 폈다
길가 흔한 잡꽃도 그 꽃 누구를 위해서 피지 않는다

투먼 가는 길

길가 풀은 차창 높이만큼 키가 컸다
바람에서는 사과배 향기가 난다

뒤통수 따가워 돌아보니
바짓가랑이 몇 번 접으면 건널 것 같은 두만강이
끓어질 듯 따라온다

주름진 골마다 마름 버짐처럼 핀 화전火田
강 건너 내 땅이 더 낯설다

바람도 숨죽이고 가는지
비루먹은 잡풀은 미동도 하지 않는다

울컥 올라오는 게 있다
널 까맣게 잊고 있었구나

풀은 회초리 되어 차창을 내리친다

* 투먼 : 연변 조선족 자치주에 위치한 도시(한국어로 도문)
* 사과배 : 연변의 특산물

철암

봇물처럼 쏟아져 나오는 아이들이 환하다
벚꽃도 와르르 터졌다

  피냇재* 부는 바람은 검은색이었다, 재 아래 흐르는 물도 검
어서 애비 몸에서는 검은 피가 흘렀다. 화석을 캐다가 화석이
된 애비 폐, 애비는 밤새워 바튼 기침을 토하다 동해산재병원으
로 갔다 벚나무 뿌리 깊은 곳에도 검은 물이 흘러 벚나무는 검
은 물 끌어 올렸을 테지만 오월 늦은 봄 꽃빛은 맑고도 환하다

  아이들 웃음이 오월 벚꽃 같다

* 피냇재 : 철암에 있는 재

시월연당 · 1

땅거미 안고 집에 오면은
쇠죽을 쑤고 있던 엄마

내손 꼭 잡아 아궁이 바싹 당겨 불 쬐어 주다
치마 자락 뒤집어 내 코를 쥐고는 '흥, 더 크게'
아프다고 앙탈하다, 귀가 먹먹해지도록 흥하고 나면
엄마 치마에서는 마른 풀 내가 났지요

줄기 꺾인 엄마
잡고 일어 설 꽃대 되어 드리고 싶은데
엄마는 마음 줄 자주 놓고, 겨울만 기다리네요

연당 바람 쓸쓸해지면
쇠죽내 그립고 코끝이 얼얼해요

무명치마 닮은 연잎에 검버섯 피고
허리 꺾인 연잎 가득한
시월 연당에서는 마른 풀내가 나요

시월연당 · 2

지금 당신은
마른 풀 내 나는 무명치마인데
사진 속 당신은 팔월의 꽃봉오리네요

당신, 꽃빛 볼은 간 데 없고
찾아오는 벌도 없는
저승꽃만 한 아름 안은 당신
시간의 저쪽을 헤매고 있는 당신

당신 상처로 핀 연꽃
연씨는 상처를 받아야 싹을 낸다고 하지요

당신이 그랬듯이
이제 당신 상처 제 혀로 핥아 줄께요

시간의 저쪽을 헤매고 있는 당신

지은영

동행 외 9편

지은영

티셔츠에 그려진 다섯 마리 고양이
내 가슴을 호위 했다
b작가의 표지에서 노려보던 네로
내 정신을 지배 했다
목걸이에서 웃고 있는 냥이는
내 갈 길을 조정 했다

딸이 어른이 되기 전 함께 떠난
둘만의 싱가포르 여행
유창한 영어와
다소 어눌한 길 찾기
더 이상 보호자가 아닌 평화

걷고쉬고마시고비우고보고찍고
먹고웃고놀고씻고자고
꿈꾸다

알 수 없는

다 알고 있다면
재미없을 테지

모르고 있어서
재미있을 테지

일기예보가 딱딱 들어맞고
예언가의 예언이 정확 하다면

또한 재미없을 테지

바람 분다고 해도 얼마만큼 세기인지
햇살이 비추어도 얼마만큼 따스한지
예언이 빗나가기도 해야
더 재미있을 테지

우주의 작은 집에
누가 사는지

어떻게 사는지
무엇을 하며 사는지
모르기에
더 궁금할 테지

금성과 토성을 오가는 시간이
스무시간이라면
긴 걸까
짧은 걸까

산 입에 거미줄 치지 않는다

J대병원 장례식장엔
11개의 방이 있다
열 번째 방에서 인자한 미소로
맞아 주시는 친구 아버지
억울한 표정으로 손은 잡아 주시는 어머니
친구들과 식사를 하다 허겁지겁 달려 나오는 상주
근엄한 표정으로 가다듬고 문상객을 맞이한다
한 번도 만나본 적 없는 영정 사진 속 미소가
친구와 많이 닮았다
병과의 사투로 몇 년여 가족들의 피고름을 짜냈던 터라
검은색 정장을 입어서 인지
더욱 담담하고
비장해 보이기까지 하는
아들 딸 며느리 사위들의 눈빛
철모르고 게임에 열중해
폰 속으로 빨려 들어가는 손주들
일을 마치고 쉼 없이 세 시간을 달려가
차려지는 밥상에 놓인 육개장에

밥을 말아 꾸역꾸역 밀어 넣는다
이 망할 놈의 식욕은 못 참고
육개장 한 그릇을 더 청한다
덤으로 밥까지 딸려 나온다
못 이기는 체 두 그릇을 해치운다

산입에 거미줄 치지 않는다
그 말이 무슨 뜻인지
알 것 같다

쿠키 탄생 설화

어머니가 안 계신 날이 많았다
찬장에는 밀가루와 소금
밀가루를 조물락거리다가
소금을 섞어
동화책에서 본
쿠키를 떠올리며
맥주병으로 밀었다 당겼다
병뚜껑으로 무늬를 찍고
나무저로 점도 몇 개
팬에 기름을 두르고
조급한 마음에 센 불에 익혔다
새까맣다
다시 약한 불로 기다렸다
모양도 그럴 듯하다
찝찔하고도
달콤한 쿠키가
입속으로 걸어 들어 왔다

고양이

늦은 밤 집근처 산책길 옥수수섶에 숨어있다가 나타난 검은
고양이, 내 뒤를 따라오다 앞질러 가다 가로등 아래 멈춘다 바
닥에 웅크려 내 쪽을 응시한다 두바퀴를 돌고 요가 하듯 몸을
비틀다 꼬리를 가지런히 해서 왼쪽 다리에 휘감아 요염하게 앉
아 한참을 응시한다 경계를 풀지 않는 내 시선이 느껴졌는지
슬며시 어둠속으로 사라진다

제주도 여행 중 늦은 밤 편의점 앞에서 다시 만난 고양이, 내
옆을 맴돌며 귀염을 떨던 갈색 고양이 황토방 펜션의 고양이
무인 카페 그곳에 옅은 회색빛에 얼굴은 까만 조각 같은 고양
이, 짙은 회색빛 고고한 고양이, 검은 빛에 파란 눈을 가진 고
양이, 호피 무늬를 가진 고양이, 쳇바퀴를 돌기도 하고 다가와
내 주위에서 떠날 생각을 않고 수줍어하는 모습이 사랑스럽다

거울속의 방

한껏 게으름을 피우며 맞이하는 아침
마음에는 분명 서두르는 한 구석이 있다

일요일에 일해도 좋다
버스 정류장으로 향하는 경쾌한 발걸음
멀리서 버스는 오고 걸음은 조금씩 바빠진다
세상모르고 꿈을 꾸고 있을 나의 방의
또 다른 나
그 방의 내 꿈을 찾아 나선 길

길이 보이지 않는다
길이 갈라진다
길이 희미해진다

그 섬에
그 방에
그 안에
속하고 싶다

열쇠가 없지만

열고 들어가

안개라도 되어 덮치고 싶은 시린 아침

섬

그 섬에 닿기 위해선
무작정 그 세계로 떠나야 하리라

비행기의 속도로
배의 속도로
발걸음의 속도로
아주 간혹
빛의 속도로 가닿기도 한다는데

가지 않아도 이미 가 있는
섬이 있다면
갈 필요가
없는 섬이 있다면

이미 누군가의 섬인
그 곳이
내 마음 속에 있기 때문이다

그럼에도 자꾸 가려고 하는 건

섬 속에
또 다른 섬 하나 있기 때문이다

남대천에 수달이 산다

로다와 로미
살갑기가 그지없는 한 쌍이다
나 잡아 봐라 놀이부터
누가누가 잘 하나 소리 지르기
배영은 그야말로 누워서 떡먹기
쩨쩨쩨 하며 다정스레 놀더니
로미의 배가 불러 오기 시작 했다
얼마 후
새끼를 품에 안았다

로다는 외톨이가 되었다
아기를 향한 로미의 모성애는
로다를 근처에 얼씬 거리지 못하게 했다
백일이 다 되어갈 무렵
엄마에게 수영을 배우며
서로서로 얼굴을 내밀면
누가 어미인지 모를 만큼 커졌다

어느 날,
새끼가 보이지 않는다
그리고 일주일 후
꾀꼬리 소리를 내지르며
물속 숨바꼭질도 하고
다시 시작된 쎄쎄쎄 놀이
로다가 로미의 목덜미를 물려하고
도망치는 로미
그렇게 미쳤다
그들은 미쳤다

52병동 00호 그녀들 이력서

일번 침대의 그녀 수차례 제왕절개를 하고
다시 또 칼과 마주해야 했다
요리저리 피해 다니던 테니스공만 한 놈이
갈 곳을 몰라 꼬여 버렸다

이번 침대의 그녀 열네 살에 심장을 열어젖히고
두 번의 성을 짓고 무너뜨렸다
세 번째 성문이 언제 열릴지 겁이 난다

삼번 침대의 그녀 삼십대 초반
성을 통째로 빼앗겨 버렸다
결혼 육년 후 한쪽 나팔의 소리를 반납했다
다시 육년 후 다른 한쪽의 나팔도 습격당했다

사번 오번 침대의 그녀들
칼의 공격이 아닌 작은 총구는
차라리 무용담이다
칼 맞은 그녀들 보다 일찍
집으로 돌아갔다

기다림의 여백

그
그냥
그리운
그런 사람
그리고 싶은
그림자 따라서
그렇게 다다르면
그곳이바로나의방
그렇지만지금은
그림자조차도
그릴수없는
그런공간
그래도
그냥
그

유지숙

남기고 간 것 외 8편

유지숙

늘 잠이 부족하다던 그대

이사하던 날

나비 한 마리 새겨진

돌 위에 이름 석 자

그 아래 쓰여진

미망인과 남겨진 삼 남매

싱그레 웃는 사진 한 장

붉은 집 한 채

가로세로 30Cm

표지석 하나 대문으로 두었다

물의 길

전쟁 중 총알에 관통된
발뒤꿈치로 절룩이며 꿋꿋이 걷는 강물
스스로 낮은 곳을 향하여
작은 도랑을 품고 간다

바윗돌에 부딪히고
헝클어지고 흔들리면서
가장 낮은 모습으로
매달려가던 작은 물길 다독인다
아래로 내려간다고 주눅 드는 것 아니라며
끝까지 가보면 알게 된다고
생의 신전이 바다라던 그대

안다고 크게 소리 내지 않고
걸어가는 길에서
매듭짓는 일 모르던 물길, 그대

그렇게 흐르며 쓰던 말들 기화되었지만

내 가슴 저 아래
책꽂이로 남아 길라잡이 되고 있다

넥타이의 회고록

나의 넥타이는 쓸쓸한 가을 한 장이다
그 넥타이 속에는 잘 익은 서너 개의 사랑과
이별을 준비하는 생이 함께 산다
어둠을 풀며 빛을 찾던 흔들림의 수많은 시간과
돌아올 수 없는 추억이 있다

나의 넥타이는 붉은 땀방울이다
그 넥타이 속에는 내 어깨를 감싸주던 바람과
개밥바라기와 걸어오는 갈색피부가 산다
잊어서는 안 될 갈라진 손금과
한 여인의 미소로 채우는 거실이 있다

나의 넥타이는 지난겨울 내린 눈 속의 소나무다
그 넥타이 속에는 세월에 부대낀 삭정이가 있고
잊어서는 안 될
태양 아래 푸른 진물이 흐르던
뜨거운 눈물과 근육이 있다

나의 넥타이는 철없이 발 구르던 안식처다
그 넥타이 속에는 푸른 초원을 꿈꾸던 설렘과
통발을 건져 올리기 위해
달려가는 어부의 바쁜 손길과
과즙이 뚝뚝 떨어지는 나무들이 자라고 있다

꽃자리 · 2

침묵의 꽃에는
무명치마 펄럭이는 상처가
찢어진 신발이
빛바랜 사진첩이
구겨진 신문지와
비틀거리던 길들이 있다

세월의 바퀴 자국 멈춘
삶의 객지에서
구절초꽃밭 만들어
나비의 꿈 이야기며
하루하루 꼼꼼히
어루만지던 손길 그리운
초가을 햇살 쏟아지는 오후
연보랏빛 꽃향기

눈을 감으면
먼 나라의 그녀

환한 미소 지으며
내 마음 꽃밭에 물을 주신다

길 위에서

사람은 무엇으로 사는가

사랑은 어떻게 하는가

상처 주고받고

깎아내리고 짓밟고 원망하고

옹이를 만들어 주고

낮은 자리 겸손함은 무시되어

스치는 바람결로만 여기는 것 같다

이래도 한세상

저래도 한세상이건만

실타래처럼 엉겨

풀지 못하는 길 위에

눈감는 날까지 놓아지지 않는 욕망의 늪

생의 끝을 모르는 욕심

동전 한 닢으로 가는

눈감으면 빈손이거늘

나는 매일 두 손 모으고

지혜의 바람 소리에 귀를 연다

볕 잘 드는 집

팔월의 눈보라
땅을 적시고 있다

목 백일홍 흐드러져도
향기에 취할 새 없이
몸 안에 농사의 법칙만 세워
개밥바라기와
젖은 어스름으로 돌아오던 그대
박달나무 서너 그루 키우던 황무지
나무 그늘에서 쉬어 보지 못하고
고집스레 지키던 손금을 보이며
볕 잘 드는 언덕에
집 한 채 지어 달라고 한다
목울대의 팔락거리는 숨소리
태산처럼 무거워 보인다
절절했던 생의 사연들 주마등처럼 스친다

국화꽃 속에서

하얗게 미소 짓고 있는 그대

지폐 서너장 손에 들고
볕 잘 드는 집으로 가는
그 길이 좋으세요
숨도 차지 않고 통증도 없나요

경포호

유성들이
잔잔한 물속으로
긴 꼬리 기둥을 만드는 곳

축제가 시작된다
불꽃이 사라지기 전
금빛 비늘 폭죽을 터트리는데

그때마다
잠 못 드는
언어들은 수면 위를 방황하는데

그런 줄도 모르는 유성들
매일 밤마다 찾아와
불기둥을 세우고 환희로 가득한데

갈대가 전하는 말
여기 물속이
별들의 고향이라고 한다

그곳에 앉아보니

몸을 열고
파도 소리를 듣는다

성산포에 앉아 듣는 것이
어디 파도 소리뿐이랴
배고픔과 서러웠던 탄식과
집착으로 얼룩진
지상의 소리
미친 듯 휩쓸리며
한 치 앞만 보던 눈도있다

귀를 열고
눈을 뜨고
바람과 새들의 노래 들으며

그곳에 앉아보니
한쪽만을 고집하던
눈도 마음도
무릎을 꿇는다

한 生

거대한 땅속에서
넘어야 할 산맥이
나무 뿌리었다니
칠 년을 걸어
땅 위
미루나무 등에 기댄다

길고 긴 시간
흙 속에서
두 눈 부릅뜨고 꿈꾸던 세상
잠시 다녀가는
수명의 욕망이기보다
최선을 다하여
마지막 언어였음을 지켰다고
여름의 기억으로 남긴다고

청량한 과즙 같은 소리
멀어져 가고 있다
가을 속으로 걸어 들어가고 있다

황영순

어느 심심한 날 외 8편

황영순

내 이름은 영순이다
혜령이나 규리가 되어보려고
거울 속을 아무리 들여다봐도
얼굴보고 이름 지으라고
요리보고 저리보아도
영락없는 영순이다

그래서인지, 허구한 날
누구는 날 부를 때
옆집 깐돌이도 물어가지 않는
빵떡이라고 부르고
누구는 나를 부를 때
갈매기도 쳐다보지 않는
빵순이라 부른다

바람 좋은 날
몸도 마음도

외롭고 높은 날

빵떡아! 뭐하냐? 부르는데
영순이는 간데없고
술 먹은 술빵이
입가에 치킨 양념을 듬뿍 바르고
바람 난 오후를 비틀거리고 있다
빵순아! 뭐하냐? 부르는데
어디서 공갈빵 한 개가
있는 대로 배를 내밀고
한달음에 달려와 빵빵하게
부풀어 오르고 있다

미령이도 될 수 없고
하령이도 될 수 없는
어느 심심한 날
영순이와 빵떡이와 빵순이가
한 몸으로 얽혀져 지벌나게 웃고 있다

웃음이 웃음에게

이번 직장은 오랫동안 몸담을 거야, 그랬지 헌터의 레인부츠가 햇살에 빛나고 물결파마는 찰랑거렸지 첫 출근하던 날 사람들에 밀려 콘텍트렌즈가 그만 하늘로 날아가 버렸어 잘 짜여진 각본 하나들고 웃음을 낄낄 흘렸지

나라고 어디 울고 싶은 날이 없었겠어?
광장의 분수대 옆에 앉아
재수 없는 년은 뒤로 자빠져도 코가 깨진다고
잃어버린 눈을 찾아 하늘에 박장대소 하다가
웃음이 까맣다는 걸 알아버렸어
따가운 햇살이 지리멸렬 하다는 것도

시집을 내며

밤을 뒤척였다
어느 나뭇가지위에
솔부엉이 울음이 앉았다갔다
허기가 느껴졌다
일어나 찬물에 밥 한 술 말아
꾸역꾸역 삼켰다
굴뚝을 빠져나간
시를 생각했다
잡으려고 잡으려고
허우적대다가 여물지 않은
콩 꼬투리 마냥 그냥 보냈다
허투루 쓴 손가락의 컴컴한 기억까지 보냈다
미처 여물기도 전에
집을 나선 어린 것 때문에
오늘은 쉬이 잠들 것 같지 않다

봄바람

바다를 달뜨게 하던 바람이
진달래꽃잎 따 먹으러
산으로 올라간
뜨겁고도 뜨거운 봄날이다

어판장 한 귀퉁이
연하디 연한 여자가
머리가득 바다를 이고
바람 숭숭하게 앉아있다

심심한 파도가 가끔씩
턱밑까지 왔다가고
손눈이 부풀어
살빛까지 따가운 여자는
해 저물도록 사타구니 속을
나올 줄 모르는데

산으로 들어간 바람은
소식이 없다

장마

물의 끝이 단단하다

수직으로 뾰족하게 휘어졌다

휘어진 갈퀴가 이제 마악 식도를 지난다

구녕구녕으로 넘쳐나는 물의 울음소리

자귀나무 끝을 돌아 나온 여름은 꽃이 지도록

목을 놓았다

서설 · 1

봄 지나는 소리
자박 자박

젖은 음 자리 밑
노루귀 귀를 연다

울컥울컥
바위솔이 다복솔위에 앉아
집을 짓는다

울렁 울렁
꾸륵 꾸륵
언 땅 갈라지는, 웃자란
봄 일렁이는 소리

잠에서 깨어난 아침이 TV를 켠다

주말 영동지방 폭설주의보

얼굴이 TV 속으로 빠르게 감겨간다
얼굴을 빠뜨린 삼월의 표정이 낯설고 쓸쓸다

먼데서 눈발 차오르는 소리
열려 있던 소리 소리들이
소리를 되돌아 아득하게
내리는 눈 속으로 간다
하얗게 닫혀가는 세상

봄은 오다가 마는 걸까

이름이 뭐냐고

입찰장 돌아가는 물 다라야속에
심심한 지느러미들 가끔씩
허공을 쳐 올려
입 안 가득 소리를 문다

누구는 자리돔 이라 말하고
누구는 줄돔 이라 말하고
누구는 흑돔 이라고 우겨 말한다

자리돔줄돔흑돔줄돔자리돔흑돔*돔돔이라니까

감자떡이면 어떻고
달걀이면 어떻고
코풀리개면 어떻고
줄이 있어 일등급횟감이면 좋고
줄이 없어 매운탕감이면 어떠리

바다를 제집으로 두고

어디가 쉴만한 곳인지 어디가 눌 곳인지
사는 게 뭔지 죽는 게 뭔지도 모르고
그물 따라 올라온
실핏줄 아리아리한
물고기 새끼고
새끼 일 뿐인데

* 물고기의 이름

물장화

눈물이고

애착이고

미련이고

욕심이고

어쩌지 못하는 삶의 절절한 모양이다

새야! 부르니

쨍쨍한 여름 줄무늬
비비추가 일렬로 서서
비지땀을 흘리는 날
어디서 날아 왔는지
어린 새 한 마리
새야! 부르니
맨발의 디바 처럼
바다를 톡 톡
새야! 부르니
순한 부리 들어
햇살을 톡 톡
새야! 하고 부르니
지그시 감은 눈 살포시
부리에 햇살을 물고
새야! 하고 부르니
큰 줄무늬 비비추 곁
인연 없는 하늘을
하루 종일 두 발로
톡 톡 톡

신효순

할머니의 독법 외 4편

신효순

아침마다 혼자인
할머니 한 분
골목 길가에 서서
귀퉁이 집을 낸
양귀비 한 편을 읽고 있었다

귀가 무거워지면
안개 짙은 호수에 나가
근처 양귀비 밭에서 날아온 한 분
안갯속에 사분사분 젖어 드는 것을 보는데

외려,
몸 맑은 그분
이마 짚은 나를 읽고 계시네

슬픔이 떠났다

내가 가장 멀리 간 곳 그 대륙에는
폭죽 소리가 아침을 불러오는 날이 있다

그런 날에는 성미 급한 어느 낮의 해가 문밖에 와서
머리맡에 푸른 경적을 눕혀 놓는다
자주 누워있었고
경적이 저녁을 모조리 채우는 날들이 많았다

슬픔을 데리고 떠나온 곳에서
바다가 자주 왔다, 갔다
그리고 파란 배경을 가진 새들을 오래 올려다보았다

폭죽이 쏟아지는 길
연기 사이로 계절이 바뀌는 것을 보다가
도무지 있으면서도 어디에 있는지 몰랐던
유일한 슬픔이
계절과 함께 떠나버렸다는 것을 알았다

갑자기 그 슬픔보다 더 슬퍼져서

나는 슬픔이 돌아오길 애타게 기다렸다

당신이 걸어간 길에 주저앉아
슬픔을 부르고 불렀다
나는 이제 슬픔 없이는 살 수가 없다

내게 유일한 슬픔

그것마저 사라진 길은 뿌옇게 흐렸다

폭죽소리가 아침을 계속 불러왔다
종일 나 아닌 나는 겨우 다리를 오므리고
떠나버린 슬픔에게 애원했다

다시 가질 수 없는 슬픔
나의 유일한 힘

세상에 없는 방 · 2

방은 며칠을 앓았다

밖을 나서면
방은 온데간데없이 사라졌다

디디는 곳마다 발가락이 찌를 듯 아팠다

방이 사라져서, 어디로든 걸어갔다
집 잃은 사람처럼 걷고 걸었다

나를 지나가며 사람 모두가 아팠다

그 집에 가고 싶어서 길에 자주, 가만히 서 있었다

방에 남겨진 숱한 거짓말처럼 물기가 자주 몸에 들었다

맨몸이 되면 집은 생겨났다
지난봄 긴 건물 뒤에 피어나던 하얀 아카시아가 뒤늦게 살갗
을 파고 들었다
걸어온 길바닥에는 가시들이 수북했다

방에 들자 몸에는 다시 덕지덕지 어둠이 붙었다

방은 점점 더 어두워졌다

누군가 물으면 나는 세상에 없는 사람이라고 말했다

울먹이는 별들

아이가 울먹이는 어둠
마당에 앉아
어둠 한 편 밤하늘을 보네

밤하늘에는 울렁거리는 별들
양 눈 가득
아이를 보네

멀고 먼 별들의 거리
땅인지 하늘인지 아득한 밤
별들처럼 밤하늘을 걸어가는 작은 눈

산속 마을 안에 울리는 것은
얇은 문 너머 들리는 어른들의 숨소리

문보다 얇게 떨리는 별
홀로 우주를 떠돌고 오네

아이가 눈을 감았다 뜨기도 전에

반짝이는 종이 위에

눈물 한 점 긋는 별 하나

별들이 울먹거리는 이유

가을 별

우리는 팔베개를 하고 마루에 누워서, 까맣게 탄
밤하늘에 달린 별을 하나씩 까먹으며
어둠을 밝혀가며
깊은 밤을 보내었다
달은 이마 위를 조심스레 걸어가고
풀벌레는 마당을 밟으며 가고
알전구가 가까이 모인
때늦은 모기떼를 희미하게 바라보며
별들을 까먹었다
어느새 밤별은 눈을 감고
나도 잠들고
홀로 어둠 속에서
네 팔 속 걸어가는 맥박을 듣게 되었다
우리의 가깝고 먼 미래처럼
맥박은 뒤뚱거렸다
눈을 떠
까먹은 별들을 도로 꺼내 놓으며
기울어가는 어둠에 손을 넣어

휘저어 보며
시작도 끝도 없는 칠흑 속에서
다가올 이별의 이름을 가을볕이라고 불러보았다
맥박은 잠잠해지고
별들은 고요해지고
우리는 새벽으로 저물어 갔다
하얗게 취해서 이별이 오듯이
슬픈 닭은 오랫동안 울어주었다

시와소금 서정시 01

128절지 그리움

ⓒ시림詩林, 2019. printed in Seoul, Korea

초판 1쇄 인쇄 2019년 12월 24일
초판 1쇄 발행 2019년 12월 30일
지은이 시동인 시림詩林
펴낸이 임세한
펴낸곳 시와소금
디자인 유재미 정지은

출판등록 2014년 1월 28일 제424호
발행처 강원 춘천시 충혼길20번길 4, 1층 (우24436)
편집실 서울시 중구 퇴계로50길 43-7 (우04618)
전화 (033)251-1195(팩스겸용), 휴대폰 010-5211-1195
전자주소 sisogum@hanmail.net
ISBN 979-11-86550-6325-008-1 03810

값 12,000원

강원문화재단
Gangwon Art & Culture Foundation
* 이 시집은 강원도 강원문화재단 생활예술지원금으로 발간되었습니다.